Franz Pocci

Odoardo, romantisches Schattenspiel in fünf Aufzügen

Franz Pocci

Odoardo, romantisches Schattenspiel in fünf Aufzügen

ISBN/EAN: 9783744671187

Hergestellt in Europa, USA, Kanada, Australien, Japan

Cover: Foto ©Andreas Hilbeck / pixelio.de

Weitere Bücher finden Sie auf **www.hansebooks.com**

Odoardo.

Romantisches Schattenspiel

in fünf Aufzügen

von

F. G. Pocci.

München.

Theodor Ackermann.

1869.

Personen.

Explicator.

König Baldrianus.

Prinz Odoardo, sein Sohn.

Minister des Hauses.

Minister der Justiz.

Kriegsminister.

Finanzminister.

Cultusminister.

Hofmarschall.

Elixirius, Leibarzt.

Die Feen-Königin.

Tilia, Waldfee.

Seenixe.

Ein Knappe.

Ein Lakai.

Ein Thurmwärtel.

Wasser- und Waldgeister.

Das Stück spielt theils an einem einsamen Waldsee, theils im Schlosse des Königs Baldrianus.

Prolog.

Wie ein Spiegel hingebreitet
Ruht der See, darüber gleitet
Auf der silberglatten Bahn
Schwebend hin ein leichter Kahn.

In des Abends letzten Gluthen
Zischt es leise durch die Fluthen
Bis am Uferschilfe dicht
Ruderschlag die Rohre bricht.

Wasservögel, die dort liegen,
Aufgeschreckt vom Moose fliegen.
Rasch gelandet! Von dem Steg
Führt in's Grün ein enger Weg.

Und es hallen sanfte Tritte
In des dunklen Waldes Mitte,
Der Ersehnte ruht im Arm
Der Geliebten innigwarm.

Liebesflüstern, wonnig Küssen!
Ach! und wieder scheiden müssen!
Nur der Mond hat sie geseh'n —
All' die Freuden, all' die Weh'n.

Lebe wohl! kommst Du denn wieder,
Wenn die Nacht sich senket nieder
Morgen? Morgen harr' ich Dein
Bei der Sterne heil'gem Schein!

Wie ein Spiegel hingebreitet
Ruht der See, darüber gleitet
Auf der monderhellten Bahn
Schwebend hin der leichte Kahn.

Träume tauchen auf und nieder
Und der Nachtigallen Lieder
Klagen, wo noch Liebe wacht:
Gute Nacht! Gute Nacht!

I. Aufzug.

(Ein von Wald umgebener stiller See. Rechts im Vordergrunde bis
gegen die Mitte hereinragende Landzunge mit schilfigem Ufer, an
welchem ein Kahn angelegt. Sonnenuntergang. Wildenten schwimmen
auf und ab, verlieren sich allgemach in's Schilf. Waldschnepfen
streichen über den See.)

Explicator:

Hohes, verehrungswürdiges Publikum! Ich er-
laube mir, Sie an diesen einsam im Walde ge-
legenen See zu führen, dessen Betrachtung Sie
sentimental stimmen dürfte, umsomehr, da ein Kahn
am Ufer liegt, was immer sehr poetisch ist und
zugleich die Neugierde anregt, weil man vermuthen
muß, daß hier ein menschliches Wesen gelandet,
welches doch seinerzeit wieder einsteigen mag, worauf
man sehr gespannt ist. Ich lasse Sie in dieser
Spannung, obschon ich, sehr gut weiß, wer diesen
Kahn vor einigen Minuten verlassen und sich in
die Tiefe des Waldes eiligen Schritts begeben hat.
Doch still! Ich glaube, nicht fern vom schilfigen
Ufer Gesang zu vernehmen.

Duett in der Ferne
(von einer weiblichen und einer männlichen Stimme gesungen):

Herz an Herz, o süße Stunde,
Die uns Liebende vereint!

Hand in Hand zum heil'gen Bunde,
Wo der Minne Flamme scheint!

Doch der Wonne folgt das Leiden,
Wenn der junge Tag uns grüßt,
Da wir wieder müssen scheiden
Und des Abschieds Thräne fließt.

Scheiden, Meiden — bitt'res Leben,
Das kein Bleiben dulden mag!
Freuden, Leiden muß es geben,
Wie da wechseln Nacht und Tag.

Lebe wohl! wir seh'n uns wieder
Morgen, wenn die Sonne sinkt;
Wenn der Nachtigallen Lieder
Flöten und die Nacht uns winkt.

Explicator:

Sieh da! ein Duett, welches auf ein Rendez-
vous deutet. Die armen Verliebten! Es scheint,
daß sie die Stille des Waldes aufsuchen mußten,
um sich ihre gegenseitigen Gefühle melodisch aus-
zudrücken. Offenbar liegt hier das Reat eines
heimlichen Verhältnisses vor. Doch still, ich höre
Schritte!

(Ein junger Mann, in einen Mantel gehüllt, kommt aus dem
Walde, steigt in den Kahn und fährt rudernd fort. Ein aufge-
schreckter Flug Wildenten erhebt sich aus dem Schilfe und schwebt
hinweg. Mittlerweile ist es Nacht geworden; der Vollmond steigt

hell glänzend auf. Ein Hirsch mit prächtigem Geweih tritt aus
dem Walde und trinkt am See, dann stürzt er in die Fluth und
schwimmt hinaus.)

Die Nixe des Sees (erhebt sich aus der Tiefe und singt zur Leier,
welche sie im Arme hält):

In des Mondenschimmers Gluthen
Tauch ich aus den kalten Fluthen,
Von den Wellen sanft gewiegt,
Wenn der Mensch im Schlummer liegt.

In den Tiefen muß ich weilen,
Darf dem Dunkel nicht enteilen,
Denn daß irb'scher Wesen Blick
Nie mich schau', ist mein Geschick.

Bei der Wogen leisem Rauschen
Nur darf ich dem Leben lauschen,
Liebe nur von Ferne seh'n
Bei des eig'nen Wesens Weh'n.

Seelenlos, doch stets verlangend,
Nach Erlösung schmerzlich bangend,
Zieht es mich aus feuchter Nacht
Hin, wo Menschenliebe wacht.

(Schwebt hin und her, bisweilen unter- und wieder auftauchend.)

Explicator:

Es bedarf wohl nicht, daß ich einem hochge-
bildetem Publikum über die Wesenheit der Ele-

mentargeister, welchen auch die Nixe dieses See's
angehört, Erläuterungen gebe. Dergleichen Sub=
jekte, als z. B. Undinen. Nixen, Salamander, Kobolde
und andere fabelhafte Gestalten, die aber nur die
krankhafte Phantasie der Poeten erdacht hat und
die nur im finstern Mittelalter gewissermaßen
existirten, haben bekanntlich keine Seele und schmachten,
in ihr Element gebannt, nach Erlösung. Diese Er=
lösung kann aber wohl nur darin bestehen, daß sie
endlich in eben diesem ihrem Elemente aufgehen,
i. e. daß z. B. die Nixen im Wasser zerfließen,
die Salamander im Feuer verbrennen. Wer sich
darüber näheren Aufschluß holen will, beliebe sich
dem Studium der Schriften des Doctors Teo=
phrastus Paracelsus zu widmen, welcher seinerzeit
ein berühmter Quacksalber und mystischer Phantast
war.

Die Nixe (singt weiter):

Kommt herbei ihr Geisterschaaren,
Daß zum Tanze wir uns paaren!
Auf! Genossen taucht hervor!
Nixen, Elfen singt im Chor.

(Nun tauchen aus dem See Nixen, aus dem Walde treten Elfen,
blaue Flämmchen hüpfen auf und nieder. In schwebenden Tänzen
wird der Chor mit Harfenbegleitung gesungen.)

Aus den Wäldern, aus den Wogen
Hat es uns hervorgezogen,

Beim Gesang uns zu umschlingen
Zu der Aeolsharfen Klingen.
Webt und schwebt im Ringelreigen,
Euch zu heben, euch zu neigen,
Auf und nieder,
Hin und wieder;
Graut der Morgen, naht die Sonne,
Endet unsrer Feier Wonne,
Bei des jungen Tages Helle
Fliehet schnell in Wald und Welle!

(Nun verschwinden Alle beim Verhallen der Harfenklänge. Der Hirsch schwimmt wieder durch den See zurück und verliert sich im Walde.)

(Langsam sinkt der Vorhang.)

II. Aufzug.

(Saal im königlichen Palast, Hofleute und Minister versammelt.)

Explicator:

Hochgeehrtes Publikum! Nun führe ich Sie in den Palast des Königs Baldrianus, welcher noch im Schlummer liegt. Hofherren und Minister sind im Vorsaale versammelt, sein Erwachen erwartend. Er ist ein weiser und gerechter Herrscher, der, dem Fortschritte der Zeit Rechnung tragend, seinem Volke eine freisinnige Verfassung mit Ministerver=antwortlichkeit gegeben hat. Er ist Wittwer und

hat einen achtzehnjährigen Sohn, den Kronprinzen
Odoardo.

Chor der versammelten Hofleute und Minister
(pianissimo):

Leise, still! nicht Lärm gemacht;
Denn er ist noch nicht erwacht.
Störet nicht des Herrschers Schlummer
Und verscheucht ihm jeden Kummer!
Segen spendet seine Hand,
Nun schläft er für's Vaterland.
Leise, leise, still, still, still!

Ja, er schläft so sanft und gut,
Weil er von den Mühen ruht,
Liegt so weich auf seib'nen Kissen,
Denn er hat ein fromm' Gewissen.
Heil des Königs Majestät!
Seid nur still, bis er aufsteht!
Leise, leise, still, still, still!

Minister der Justiz:
Seine Majestät geruhen, heute lange zu schlafen.

Kriegsminister:
Potz Bomben und Granaten! Mir viel zu lange!

Hofmarschall:
Ich bitte, Excellenz, nicht so heftig, nicht so laut!

Minister des Hauses:
Mäßigen Sie Ihr kriegerisches Organ.

Kriegsminister:

Was? Ich bin Soldat und lasse mir meine Commandirstimme nicht nehmen.

Minister der Justiz:

Davon ist ja auch nicht die Rede; Herr Hof=marschall wollten nur — —

Kriegsminister:

Was wollten, wollten! Es wäre Zeit, daß der Monarch sich aus den Federn höbe. Ich soll noch meinen Vortrag halten und um 10 Uhr muß ich zur Probe des neuerfundenen Hinterladers. Jetzt ist's schon 9 Uhr!

Handelsminister:

Entschuldigen Excellenz. Ich müßte doch um den ersten Vortrag bitten und auf Ihren Hinter=lader könnte nicht Rücksicht genommen werden; denn die Vorlage des neuen Eisenbahnnetzes, dem=gemäß jeder Staatsangehörige auf einer Zweigbahn an seine Hausthüre fahren könnte, ist von höchster Wichtigkeit.

Kriegsminister (heftig):

Das ist mir sehr gleichgiltig. Jeder sorgt für sein Portefeuille. Ich bin Soldat und lasse mir nicht vorgreifen.

Handelsminister (beleidigt und gereizt):

Ich glaube, daß die Interessen des Friedens vorgehen.

Finanzminister:

Auch mein Anlehensvorschlag könnte nicht zurückstehen. Woher die 20 Millionen nehmen?

Cultusminister:

Meine Herren, ich glaube, daß die B i l d u n g des Volkes Allem vorgeht. M e i n Referat dürfte wohl das e r s t e sein. Das neue Schulgesetz, daß mit dem ABC auch Vorträge über Kant'sche Philo=sophie verbunden werden, muß in der nächsten Sitzung den Kammern schon vorgelegt werden.

Kriegsminister:

Was Philosophie? — Wissen Sie, was die beste Philosophie für das Volk ist? Zur rechten Zeit Stockprügel!

(Allgemeines Entsetzen der Minister.)

Alle (zugleich durcheinander schreiend):

Oho! aber nein! w e l c h e Ansichten! In d i e s e n Zeiten! Wir können nicht mit dem Herrn Kriegsminister gehen.

Kriegsminister:

Nun so gehen Sie mit wem Sie wollen. Ich bin Soldat und gehe meinen Weg!

Minister des Hauses:

Ruhig, meine Herren! Ich bitte, sich zu ver=
ständigen. Als Ministerpräsident muß ich dringend
ersuchen, daß die Einigkeit der Gesammtministerien
nicht schwankend werde. Es ist von höchster Be=
deutung, daß wir zusammenstehen, vor Allem den
Kammern gegenüber.

(Aus der Seitenthüre tritt ein Lakai ein.)

Lakai:

Seine Majestät sind so eben aufgewacht und
werden gleich zum Allerhöchsten Dejeuner schreiten.

Chor der Minister:

Bravo, bravo! das ist gut,
Daß der König hat geruht,
Ausgeruht zu haben nun!
Denn es gibt genug zu thun.
Friede! Friede! Kein Entzweien!
Zu des Vaterlands Gedeihen
Ohne Zwist und ohne Streit
Wirken wir in Einigkeit.

(König tritt ein, Alle verneigen sich.)

König:

Guten Morgen, meine Herren!

Hofleute und Minister (durcheinander):

Guten Morgen Majestät! Allerhöchstselben
haben doch wohl geruht?

König:

So so, la la! Ich schlief etwas unruhig. Sorgen, Sorgen!

Alle (bestürzt durcheinanderschreiend):

Wie? Was? — o weh! Sorgen? Gott im Himmel! Der beste aller Monarchen, Sorgen?

König:

Beruhigen Sie sich, meine Herren. Es ist keine Gefahr für mein gutes Volk. Privatverhält= nisse — —

Alle (im Chor fugirend):

Wie, was?

Was ist das?

Welcher Jammer, welche Noth

Trübt des Herrschers Morgenroth?

Noth!

Noth!

Morgen!

Sorgen!

Noth!

Noth!

König:

Ruhig, meine Herren! Ich danke für Ihre Theilnahme. Lassen Sie mich mit meinem Mi= nister des Hauses allein. Ihre Vorträge werde ich Nachmittags entgegennehmen. Adieu, adieu!

(Alle mit Reverenzen ab, nur der Minister des Hauses bleibt zurück.)

König:

Mein guter Hausminister!

Minister des Hauses:

Majestät scheinen bewegt.

König:

Allerdings bin ich es und es fehlt wahrlich nicht an Veranlassung dazu. Hören Sie: Vor der Hand aber im tiefsten Vertrauen.

Minister des Hauses:

Bei unserer Constitution! Bei meiner beschwornen Ministerverantwortlichkeit! Ich weiß zu schweigen.

König:

Also hören Sie:

Minister des Hauses:

Ich höre.

König:

Mein Sohn, Prinz Odoardo — — —

Minister des Hauses (höchst erstaunt):

Wie? Prinz Odoardo? — —

König:

Prinz Odoardo. — Ja! — es ist seit einiger Zeit in meinem geliebten Sohne eine solche Ver=

änderung eingetreten, daß ich dieser vielleicht meiner dynastischen Wohlfahrt gefährlichen Umstimmung auf den Grund kommen muß.

Minister des Hauses:

Ich muß gestehen, Majestät, daß es auch mir höchst. auffallend, wie Seine Königliche Hoheit, sonst ein heiterer, lebensfroher Prinz, nun in einen gewissen Tiefsinn verfallen sind, der mir höchst sonderbar scheint.

König:

Er ist schwärmerisch-melancholisch, zerstreut; er liebt die Jagd nicht mehr, läßt seine Leibrosse im Stalle stehen — kurz — Herr Hausminister! Sie, die Sie vor Allem die Interessen meines königlichen Hauses zu wahren haben — Sie, Herr Minister, erhalten somit den strengsten Befehl, der Sache auf den Grund zu kommen. Ich ermächtige Sie, alle erlaubten Mittel zu diesem Zwecke in Bewegung zu setzen.

Minister des Hauses:

Bei meinem Leben! bei meinem Portefeuille! Alles werde ich aufbieten, Eurer Majestät Genüge zu leisten.

König:

Gut. Ich setze mein ganzes Vertrauen auf

Sie. Nun will ich zum Dejeuner gehen. Aber ich
bin wirklich sehr angegriffen.

(Beide ab.)

Explicator:

Nun scheint mir die dramatische Verwicklung
einzutreten und der Knoten wird geschürzt. Damit
Sie aber nicht überrascht werden, so will ich Ihnen
im Vertrauen sagen — wenn Sie es nicht schon
errathen haben sollten — daß jene männliche Gestalt, welche im ersten Aufzuge nächtlicher Weile
an dem See aus dem Kahn stieg, Niemand anderer
war, als Prinz Odoardo, dessen Herz von einem
Mädchen ganz und gar inflammirt ist. Ich habe
nämlich hinter die Coulissen geschaut, was mir als
Explicator gebührt, und mich von dem unseligen
Liebesverhältnisse, das zu einer compromittirenden
mesalliance führen könnte, selbst überzeugt. Nun
gedulden Sie sich und sehen Sie der nächsten Scene
vertrauungsvoll entgegen; denn Sie wissen doch
nicht, wie die Geschichte ausgeht. Prinz Odoardo
sitzt einsam in seinem Gemache, hat eine Laute in
der Hand und singt, wie Sie sogleich vernehmen
werden, ein romantisches Lied.

Prinz Odoardo (mit einer Laute, singt):

Hoch am Himmel steht die Sonne,
Allen Sterblichen zur Wonne,

Wenn mit ihrem Wunderstrahl
Sie vergoldet Berg und Thal.

Flammenwagen fliehe, fliehe
Schnell, daß bald vorüberziehe
Tageshelle und die Nacht
Holder Lieb' entgegenlacht!

Daß ich bei des Mondes Grüßen
Eilen kann zur Treuen, Süßen;
Zu ihr, die im dunklen Hain
Harret mein bei Sternenschein.

Langsam, träge Stund' um Stunde
Macht der Tag gewohnte Runde,
Bis — mir zu erwarten kaum —
Winkt die Nacht zu sel'gem Traum.

Ach, dieß bitt're Liebessehnen
Spiegelt sich im Quell der Thränen!
Arm in Arm und Herz an Herz
Löst in Wonne sich der Schmerz.

(Während des Gesanges hat sich der Minister des Hauses zum
Prinzen unbemerkt herbeigeschlichen und lauscht dem ganzen
Monologe, worauf er wieder verschwindet.)

Odoardo:

O meine geliebte Tilia! Kaum erwarten kann
ich es, Dich an mein Herz zu drücken. Jede
Minute unserer Trennung schleicht mir wie eine

Stunde vorüber; wenn ich aber in Deiner Nähe
bin, so gibt es keine Zeit für mich. Ist die Sonne
dort hinter den Waldhügeln niedergestiegen, nehme
ich meine Armbrust wieder; aber ich spanne nicht
ihre Sehne und greife nach keinem Bolz. Vor mir
sind die Thiere des Waldes sicher. Nach Dir
jage ich, Du bist das Edelwild all' meiner Ge=
danken, theure Tilia!

Aber jetzt will ich in den Garten gehen, um
mich in die Rosenlaube zu setzen; denn jede Rose
ist mir Dein Bild; aus jeder Knospe lächelt mir
Dein Antlitz und wenn ein Schmetterling darauf
ruht, so beneide ich ihn um den Kuß, den er auf
ihre Lippen drückt.   (ab.)

Der Minister des Hauses (tritt auf):

So steh'n also die Sachen, mein melancholischer
Prinz? — Ein Liebesverhältniß? Ha! beinah' hatte
ich es mir schon gedacht, daß so etwas dahinter
stecken müße. Gut. Nun kommt es nur darauf
an, daß wir die Spur näher verfolgen. Und
Tilia — Tilia nannte er seine Schöne? Der Name
ist mir noch gar nicht vorgekommen in meinem
Leben. Tilia steht in keinem Kalender. Was für
ein Mädchen kann aber wohl Tilia heißen? Vom
Hoftheater weiß ich keine; die kenn' ich ja Alle. —
Vermuthlich nur so ein angenommener Name, recht
romantisch, womit der junge Herr von irgend einer

Landstreicherin in's Garn gelockt wurde. — Da
heißt's Alles aufbieten. Mein Leibjäger ist ein
pfiffiger Bursch. Der soll dem Prinzen heute Abend
nachschleichen. Es ist mir nicht bange, daß ich
bis Morgen Alles weiß.

(Der Vorhang fällt.)

III. Aufzug.

(Wald in Mondscheinbeleuchtung.)

Tilia (sitzt unter einer großen Linde und singt):

Geliebter, wo weilst Du?
Ach, warum nicht eilst Du
Zur schmachtenden, trachtenden
Tilia Dein,
Du Herzelieb mein?

Sieh', längst schon erglänzet,
Vom Tiefblau umgränzet,
Der blinkende, winkende
Silberne Held
Auf Fluren und Feld!

O nah', mich zu grüßen
Mit wonnigen Küssen,
Mein Inniger, Minniger!
Schon ruft Dich die Nacht
Und Tilia wacht.

O, wie wunderbar bin ich gestimmt, seit ich
dem Dunkel entstiegen, um mich an dem Herzen
eines menschlichen Wesens zu sonnen! Kalt ist die
Nacht des gespenstigen Lebens — warm aber,
herrlich ist's da heraußen! Wohl weiß ich, daß ich
mich vergangen habe und daß die Strafe meinem
Verbrechen unausbleiblich ist. Aber ich will, ich
muß trinken aus dem süßen Becher; dann will ich
gerne versinken in ewige Nacht. Ich kann nicht
lassen von ihm. — Sieh da! meine guten Freunde
kommen.

(Hirsch und Rehe nahen und lassen sich von Tilia liebkosen.
Vögel fliegen herbei, setzen sich auf ihre Schulter.)

Herbei, Herbei, ihr lieben Thiere! O sagt;
habt ihr meinen Theuren noch nicht gesehen? Ver-
nahmt ihr noch nicht das leise Geplätscher der
Ruder? Hat noch kein Kahn gelandet? O sagt,
warum bleibt er so lange von mir fern? Ihr
könnt freilich nicht antworten auf meine Fragen.
Stumm seid ihr zwar, aber aus euren klugen
Augen spricht Theilnahme und Liebe. Doch horch!
Ich höre Etwas; er kommt, er kommt!

(Die Thiere entfliehen nach allen Seiten.)

(Die Feen-Königin tritt rasch auf.)

Feen-Königin:
Nicht er kommt! Ich bin es, Deine Herrin,
Deine Königin! Weh Dir!

(Tilia fällt ihr zu Füßen.)

Tilia:

Ja, weh mir! weh mir!

Feen-Königin:

Längst kenne ich Dein Verbrechen, Ungetreue! Warum hast Du der ewigen Gesetze vergessen, die uns an unser Element binden? Warum hast Du es gewagt, der Hülle zu entsteigen, die Dich, die Waldfee, umgibt? Warum hast Du den Stamm der Linde durchbrochen, um unter die Menschen zu treten? Schon fangen die üpp'gen Blätter zu welken an und die Zweige senken sich trauernd nieder.

Tilia:

Nicht unter die Menschen trat ich — nur Einem Herzen gab ich mich hin!

Feen-Königin:

Ja! weil Du nicht widerstanden hast, aus Deinem geweihten Versteck den schönen Jäger mit strafbarem Blicke zu verfolgen. Er zog Dich an sich mit der magnetischen Gewalt menschlichen Reizes. Genügte es Dir nicht, den beseligenden Duft zu athmen, der unser grünes Reich durchdringt? Genügte Dir nicht das Bewußtsein, ein heiliger Theil der großen Schöpfung zu sein? als geweihtes, geheimnißvolles Wesen zu schaffen und zu weben im Mysterium des Weltall's?

Tilia:

O, große Königin, ich weiß Alles! Ich kenne mein Verbrechen! Aber allzumächtig, allzuherrlich ist der Reiz der Minne, den der Herr dieses Weltall's in das Herz des Menschen gesenkt. Diese süße Macht zog mich an sich; ich vermochte nicht zu widerstehen, ich mußte folgen!

Feen-Königin:

Du schwache Fee! Armes Kind! Ich kann Dich nur bedauern. Warnen wollte ich Dich, warnen und mahnen, auf daß Du abstehst vom Verderben. Noch will ich Nachsicht und Geduld haben. Aber nun wende Dich ab von dem Pfade, der Dich zum Untergange führt.

(verschwindet.)

Tilia:

Ich Unglückselige! Was soll ich thun? Soll ich zurückkehren auf ewig in das Schlummerleben? Soll ich untergehen in den Flammen der Minne? Nun denn!

(Leise Klänge und Rauschen in den Blättern der Linde lassen sich vernehmen.)

Tilia (singt recitativisch klagend):

Dieses Rauschen in den Zweigen
Und der Blätter traurig Neigen,
Dieser düst'ren Töne Klingen
Aus des Stammes engen Ringen —

Spricht zu mir, daß bald ich scheiden
Soll von diesen Minnefreuden.

Süßen Lebens kurz Genießen,
Kaum empfunden, soll zerfließen.
Wie die Blätter von der Linde
Rasch verweht sind von dem Winde,
Also muß ich selbst verwehen,
Nimmer wieder zu erstehen.

Zurückkehren will ich in mein Element und
mit dem Baume sterben, dessen Leben ich gewesen.
Aber Einmal will ich Ihn noch sehen, Einmal Ihn
noch umarmen, den Herzinnigen — Ihm Lebewohl
zu sagen auf Ewig! —

(Sie weint bitterlich. Der Stamm der Linde öffnet sich. Tilia
begibt sich hinein, worauf er sich wieder schließt.)

Odoardo (tritt auf):

(Leise rufend) Tilia! Tilia! — Wo bist Du?
Hier ist der Ort, wo ich Dich stets gefunden.

Echo (antwortet):

Verschwunden!

Odoardo:

Verschwunden? wie? O komm, laß Dich um=
armen!

Echo:

Erbarmen!

Odoardo:

Noch immer fand ich Dich im Waldes-Thale.

Echo:

Zum letzten Male!

Odoardo:

Schweige trügerisches Echo! Deine Stimme
lügt. Tilia! Tilia! Ich beschwöre Dich.

Echo:

Höre mich!

(Zugleich erscheint Tilia, aus dem Baume hervortretend.)

Tilia (Odoardo in die Arme stürzend):

Noch Einmal lieg' ich Dir am Herzen!

Odoardo:

Noch Einmal? Wie soll ich's verstehen?

Tilia:

Aus unsrem Traume müssen wir erwachen,
Dir werd' es Tag und ich versink' in Nacht!

Odoardo:

Nein, nein! Kein Traum! ich drücke Dich an's
Herz!

Tilia:

Weh mir! es ist der letzte süße Gruß.
Du kennst mich nicht, weißt nicht woher ich kam.

Odoardo:

Und wenn auch nicht, Du bist mein Ideal,

Mein Lebenshort, bist meines Eigens Sein.
Dieß war genug mir: Was und wie es ist,
Das uns beglückt, verbannet jede Neugier,
Nach Abkunft und Vergangenheit zu fragen.
Die Sonne glüht und Mond und Sterne leuchten,
Du meine Sonne, Du mein Mond, mein Stern —
Dein heller Strahl, Dein milder Schein durch=
                               brang mich,
Und dieß Entzücken hat mich ganz erfüllt;
Wozu noch fragen, forschen? —

Ilia:

                     Aber dennoch!
Vernimm's: Ich bin des Hains Hamadryade,
Gebannt in diese Linde. Menschlich Sein
Ist uns versagt, die wir im heil'gen Reiche
Geheimer Elemente einsam schaffen.
Versagt ist uns, was Sterbliche beglückt:
Mein Fluch, daß Deine Liebe mich entzückte.
Leb wohl! Vergiß mich, ich muß scheiden!
Beklage mich, denn ich vergeh' im Leiden.

(Sie verschwindet im Baume. Odoardo sinkt mit einem Schmerzens-
ruf zusammen.)

(Der Vorhang fällt.)

(Im Zwischenakte kann von Flöten und Waldhörnern ein
melancholisch-schwärmerisches Andante geblasen werden und zwar
pianissimo.)

Explicator:

Ich erwarte, daß das hochgeehrte Publikum

von der letzten Scene tief ergriffen ist. Was
während dieses Zwischenaktes vorgefallen, habe ich
Ihnen nun zu erzählen: Des Ministers listiger
Leibjäger war, dem Auftrage seines Herrn gemäß,
dem Prinzen, als dieser Abends scheinbar auf die
Jagd gehend wieder das Schloß verlassen, seiner
Spur gefolgt und schwamm von ferne dem Kahne
nach, der Odoardo an das andere Ufer des See's
trug. Dort in der Tiefe des Waldes fand er den
Prinzen in Ohnmacht liegen und hatte gerade noch
bemerken können, wie eine weibliche Gestalt sich rasch
entfernte. Sein Hornstoß — das verabredete Zeichen —
ward bald im Schlosse des Königs vernommen.
Der Minister brach mit einigen Jägern und Dienern
auf, kam zur Stelle und der ohnmächtige seiner
Besinnung beraubte Odoardo ward auf einer aus
Zweigen bereiteten Tragbahre in dieser Nacht zurück=
gebracht. Noch schlummert er in heftigem Fieber.
Das Weitere sollen Sie nun wieder selbst zu be=
obachten Gelegenheit haben.

IV. Aufzug.

(Gemach im Schlosse. Morgen.)

(Der König und sein Leibarzt Elixirius.)

König:

Wie steht's mit meinem Sohne?

Elixirius:

Er ruht noch in tiefem Schlafe, sein Puls
ist aber in fieberhafter Bewegung. Der Zustand
scheint die Folge einer heftigen Aufregung zu sein.

König:

O, ich kenne nach dem Berichte meines Haus=
ministers die Veranlassung nur all zu gut. Ihnen
im Vertrauen: Odoardo ist das Opfer einer ge=
heimen Liebe. Seine Phantasie ist erkrankt, sein
Uebel ist Schwärmerei.

Elixirius:

Da müssen wir calmirende Mittel anwenden,
zunächst Brausepulver und dergleichen.

König:

Allerdings; aber vor Allem glaube ich, daß
Sie auf das Moralische des Prinzen zu wirken
haben werden. Odoardo befand sich geraume Zeit
in einem idealen phantastischen Traumleben, wie
das bei Verliebten häufig vorkommt.

Elixirius:

Es wird also angezeigt sein, dem Erkrankten
das Erlebte nicht als wirklich Geschehenes, sondern
als Traumbild darzustellen — —

König:

Ganz richtig. Wir Alle müssen ihn zu über=
zeugen suchen, daß er längst erkrankt — etwa an

einem fingirten Nervenfieber — nur geträumt
habe; dann wird er auch seinen Traum bald ver=
gessen haben.

Elixirius:

Ich bewundere den psychologischen Scharfsinn
Eurer Majestät.

König:

Nun begeben Sie sich wieder zum Kranken.
Wenn Sie glauben, daß es an der Zeit sei, werde
ich Ihnen folgen. Ich erwarte Ihre Anzeige.

(Der König ab.)

Elixirius

(singt, mit Pathos vorgetragen, nach der Melodie: „O Isis und
Osiris" [Zauberflöte] folgende Arie):

O großer Aesculap, gewähre
Mir heut der Diagnose Gunst,
Daß dieser Fall den Ruhm vermehre
Von meiner medizin'schen Kunst.

Laß mit Bedacht den Puls mich greifen,
Damit ich gleich das Rechte find',
Nicht lange muß im Nebel schweifen,
Den Prinzen ich kurir' geschwind.

Du weißt, wie wir umher oft tappen,
Wir Alle, die man Weise nennt,
Wie wir nach allen Mitteln schnappen,
Bis endlich stirbt der Patient.

Nur dießmal hilf zur eignen Ehre;
Denn Du bist ja Gott=Medicus,
Und Dir verdanken wir die Lehre,
Daß jeder Mensch einst sterben muß.

(schreitet gravitätisch ab.)

Verwandlung.

(Zimmer des Prinzen Odoardo.)

(Odoardo liegt schlummernd auf einem Ruhebette Medizingläser etc.
zur Seite).

Odoardo

(im Fiebertraume phantasirend):

Zu ihr hinüber! — lieber Kahn wo bist du?
Die Ruder her! dort winkt der Tannen Grün.
O weh! es thürmt sich auf der Wellen Macht,
Ich kann nicht, kann nicht hin!

Sie steht am Ufer

Und ringt die Hände. Tilia, Tilia harre!
Es rauscht der Wind; hörst Du die Eule klagen?
Ich stürze in die Fluth; reich mir den Arm,
Daß Du mich ziehst hinan — ich bin erschöpft!
O fasse mich! Umklammern will ich Dich,
O Tilia, Tilia —

(sinkt wieder ermattet auf's Lager.)

(Elixirius tritt sachte heran.)

Elixirius (leise):

Mein Prinz, wie fühlt Ihr Euch? Nun besser doch?

Odoardo:

Seht doch des Mondes milden Silberschimmer.

Elixirius:

Hier ist kein Mond, Ihr seid in Eurem
Zimmer.

Odoardo:

O reicht zu trinken mir.

Elixirius:

Hier süßer Saft;
Er mildert Hitze und gibt wieder Kraft.

Odoardo:

Wie lang hab ich geschlafen?

Elixirius:

Lange, lange!

Odoardo:

Was ist's mit mir? o sagt, mir ist so bange.

Elixirius:

Dem Himmel sei's gedankt! nach vierzehn Tagen
Das erste Wort, das ich Euch höre sagen.

Odoardo:

Seit vierzehn Tagen? Ich kann's nicht be=
greifen.

Elixirius:

So lange lagt Ihr in des Fiebers Weh'n,
Nur träumend spracht bisweilen Ihr.

3

Edoardo:

So war
Ein kurzer Traum nur meines Glückes Jahr?

Elixirius:

Der Krankheit Phantasie malt farbenreich.

Edoardo:

Wie? Krankheit? Phantasie? ein Himmelreich?

Elixirius:

Beruhigt und besinnet Euch. Zur Stunde
Gab ich dem König von der Beß'rung Kunde.

Edoardo:

Und Tilia? Wo ist sie — mir entschwunden?

Elixirius:

Von Tilia weiß ich Nichts. Ihr sollt gesunden. —
Sieh da, der König naht!

(König Baldrianus tritt ein, nähert sich dem Lager und umarmt
den Prinzen.)

König:

Mein theurer Sohn!

Elixirius:

Die Hoheit wird genesen.

Edoardo:

Mein Vater, sagt: bin ich denn krank gewesen?

König:

Ja! Leider war's. Mein Sohn, von Fieberweh'n

Lagſt lange du befangen; doch mein Fleh'n
Zum Himmel ward erhört und zu verlaſſen
Das Siechbett wirſt Du bald die Kraft gewinnen.

Elixirius:

Nur kurze Zeit noch wird dazu verrinnen;
Doch bitt' um Ruh' ich, Alles Phantaſiren,
Aufregung jeder Art zu evitiren.

König:

Aufregung! ja, mein Sohn, die ſollſt Du meiden.
Des Fiebers Macht iſt ungeſtümes Wogen
Im Blute, wie im ſturmbewegten Meere
Die Welle hochauf oder nieder ſchwankt.
Legt ſich der Lüfte Regung, allgemach auch
Sinkt in ſich ſelbſt die mächt'ge Fluth zurück
Und glättet ſich zum wunderhellen Spiegel.
Vergiß der Träume — jener Täuſchung Zauber.
Sanft ſei Dein Schlummer und nicht mehr geſtört
Und aufgeregt durch trügende Fantome;
Sieh nur die Wirklichkeit, die ruhig ſich
Und frieblich um Dich breitet.

Edoardo:

O mein Vater!
Ich will es gern; doch ſagt: wo iſt die Grenze
Des innern und des äußern Lebenswahnes?
Wo endet unſer Träumen?

König:

Es verſchwindet,
Wenn Du geſund erwacht biſt und das Licht

3*

Des klaren Lebens wieder Dich durchdrang.
Doch, wie der Arzt es will zu Deiner Heilung,
Bedarf's der Ruhe nur: d'rum will ich geh'n
Und morgen erst sollst Du mich wiederseh'n.

(Umarmt Odoardo und geht ab.)

Elixirius:

Auch ich will Euch verlassen; ruhig, allein
Ist wohl für Euch am Besten, Prinz, zu sein.

· (ab.)

Odoardo (nach kurzer Pause):

Ich krank? in bösem Fieberstraum befangen?
Und jetzt, erwacht — noch immer dies Verlangen
Nach ihr?! War's nur ein Scheinbild? nur ein
Schatten,
Der mich umfing im Wald auf grünen Matten?
Nun, wenn es so ist, nahe holder Schlummer,
Mir zu verscheuchen meines Wachens Kummer.

(Er schlummert wieder ein.)

(Im Hintergrunde zieh'n die Bilder des Vergangenen vorüber, z. B. der Kahn schwebt über den See, zwei Liebende umarmen sich 2c.)

Chor der Träume:

Träume, wir schwankende
Uns um Dich rankende,
Die wir leicht schweben hier,
Sind wir nicht Leben Dir?
Doch den Erwachenden
Fliehen die lachenden

Wonnegestalten,
Die wir entfalten.
Und das Gesetzene,
Einmal Geschehene,
In Dir Aufsprießende,
Wieder Zerfließende
Hat Dich umfangen
Mit schmerzlichem Bangen.
Nimmermehr säumende
Traumwelt, o schäumende,
Blühende, glühende
Sterbliche mühende
Oder beglückende,
Liebesentzückende,
Der Phantasie Gefild,
Du bist des Lebens Bild.
Aber der Schmachtende,
Wachende, Trachtende,
Selig sich Wähnender,
Bleibt nur ein Sehnender,
Bis er aus irb'schem Thal
Schwebet zum Ideal.

(Der Vorhang fällt.)

Explicator:

Wir eilen zum Schlusse des Dramas, doch ich
muß Sie, hohe Herrschaften, vor Allem auf die
Freiheit aufmerksam machen, welche sich der Dichter

gegen alle Regeln des Dramas erlaubt hat, zwischen
diesem eben vergangenen Aufzuge und dem folgenden
letzten einen Zeitraum von einigen Wochen anzu-
nehmen. Es steht sonach in Ihrem Belieben, die
Zeit hier abzuwarten oder unterdessen Ihren sonstigen
Beschäftigungen nachzugehen. Sie werden auch ver-
geblich eine günstige Wendung oder Peripetie erwarten. Es wäre. wohl sehr zu hoffen, daß der
arme Prinz von seiner Krankheit genese. Es ist
zwar kein Nervenfieber, allein daß Odoardo krank
ist, daran werden Sie nicht zweifeln. Das Streben
nach Erfüllung des Idealen hat sich seiner als
ein Liebesfieber gänzlich bemächtigt und wir möchten
es der Kunst des Leibarztes Elixirius, wie der
liebevollen Aufmerksamkeit des Königs zutrauen,
daß Odoardo in das gesunde reale Leben zurück-
trete, allein, wie ein großer Dichter sagt:

„Was wir ersehnen, will sich nicht begeben,
„Was sich begibt, ist nicht, wonach wir streben.“

Aber nun — wie ich bemerke — sind die einigen
Wochen während meiner Rede schon vorübergeschwebt
und wir befinden uns bereits am Beginne des
letzten Aktes.

V. Aufzug.

(Gemach im Schloſſe des Königs Valdrianus.)

(Der König in einem Seſſel ſitzend. Vor ihm ſtehend der Miniſter
des Hauſes und Elixirius.)

König:

Und iſt es wirklich denn? Kein Hoffen mehr?
Soll treffen mich der Schmerzensſchlag ſo ſchwer?

Elixirius:

Mein gnäd'ger König! Täuſchung frommet nicht;
Die Wahrheit Euch zu ſagen — dies iſt Pflicht.

König:

O bittrer Trank! Gift will der Arzt mir geben;
Der heilen ſoll, er tödtet nun zwei Leben!

Miniſter des Hauſes:

Vielleicht hilft Gott noch. Seiner Gnade Sendung
Iſt immer möglich. Geb' er freud'ge Wendung!

Elixirius:

Verzweifeln ſoll man nie; ſo lang der Kranke
Noch athmet, bleibt die Hoffnung Troſtgedanke.
O irrt' ich mich in meiner Kunſt! Erliegen
Würd' ich ja gerne, wollt' ein Wunder ſiegen.

König:

Die Zeit der Wunder iſt vorbei. Ergebung
Nur bleibt zerriſſ'nem Herzen zur Erhebung.

Wie lang noch mag der irb'jchen Sonne Schein
Dem armen Kranken Luft und Wonne jein?

Elizirius:

Erjchöpft ift Oboardo's Lebensmuth,
Kaum nur in jchwachem Zittern bebt jein Blut.
Sein blüh'nder Leib ift gänzlich abgezehrt;
Nur wen'ge Tage noch jind ihm gewährt!

König (heftig weinend):

Nur Tage noch! Da wo ein Schaß von Jahren,
Des Lebens Quellen, reich geborgen waren.
Wie treulos ift Natur, die blühen heißt
Zu voller, üpp'ger Kraft und dann zerreißt
Die Fäden, die jie gütig jelbft gewebt!
Den Wurm jchickt, daß er grausam wühlt und gräbt,
Und an der Wurzel nagt, damit die Pflanze
Verschmachte in des Blüthenleßens Glanze!

Minister des Haujes:

Verzweifelt nicht, o König!

König:

Laßt mich weinen!
Der Thränen Quell, mag er auch Schwäche jcheinen,
Hat uns ein Gott gejchenkt im Jammerthal
Der Erde holde Mild'rung mancher Qual.
Zum Prinzen will ich. Möcht' ich's auch vermeiden,
Mein Vaterherz will Lebewohl noch jagen;

Von bleichen Lippen mit der Liebe Kuß
Will holen ich den eignen Todesgruß.

(Er erhebt sich schwach und langsam vom Sessel. Der Minister
und Elixirius führen ihn.)

(Alle ab.)

Verwandlung.

(Hof im Schlosse des Königs mit Ausgangspforte. Der Vollmond
steht am Himmel.)

(Ein Knappe, in einen Mantel gehüllt, die Wache haltend, geht
eine Hellebarde führend auf und ab.)

Knappe:

Die Nacht ist kühl; 's muß bald die Stunde
schlagen zur Ablösung. (Den Mond betrachtend) Du alte
Laterne dort oben! warum ist Dein Schein nicht
wärmer? Wenn ich einen Finger an's Kerzenlicht
bringe, so brenn' ich mich d'ran, und so ein Flämm=
chen leuchtet nur die Nacht über in der Stube;
und Du überscheinst Berg und Thal und die halbe
Erdkugel und dennoch friert mich bei Deinem
Schimmer. Das ist eine schlechte Einrichtung für
die, die Nachts Wacht stehen. Da oben im Schloß
ist's auch noch hell. Der arme Prinz! wie lang
wird er's noch treiben? Der hat auch zu viel in
den Mond geschaut, und die Schwärmerei bringt
ihn um. Ich schau' lieber in den Krug, da wird
mir warm dabei.

(Die Thurmuhr schlägt Mitternacht.)

Eins, zwei, drei — (zählt bis zwölf).

(Eine Wolke deckt den Mond, es wird dunkel.)

(Odoardo tritt aus einer Seitenpforte, in einen Mantel gehüllt, eine Hellebarde führend.)

Odoardo:

Schildwacht, abgelöst!

Knappe (die Hellebarde vorhaltend):

Werda? Losung! —

Odoardo:

„Sterbens — Amen!"

Knappe:

„Amen!" Da ist der Thorschlüssel.

(gibt ihm den Schlüssel.)

Odoardo:

Gut' Nacht!

Knappe:

Gute Wacht! (ab.)

Odoardo:

Gut' Nacht! — —

Mein Gott! nur für diese wenigen Stunden gib mir noch Kraft.

(Lehnt die Hellebarde an die Mauer und öffnet die Schloß-
pforte.)

Nun rasch auf's Pferd, zum letzten Ritt!

(Geht zu einem Seitenpförtchen und führt einen Gaul heraus.)

Du gutes Thier, geduldig trag' den Lebensmüden,
Den Sterbenden; dann lasse frei ich Dich.
(Er steigt in den Sattel.) Zum Tode bin ich matt;
allein es stärkt der Wille, es hebt der Geist mich.
Dorthin, wo ich das letzte Mal sie sah! Dorthin,
wo sie für immer mir entschwunden! dort will ich
sterben.

(Reitet zum offenen Schloßthore hinaus.)

(Der Thurmwärtel ruft vom Thurme herab.)

Holla! wer reitet aus um Mitternacht? Heda! Antwort!
Halt! oder ich stoß' in's Horn. — —
Holla! ho! ho! Wo ist die Wache? —

(Er stößt einige Mal in's Horn.)

Verwandlung.

Explicator:

Wie Sie sahen, hat sich der sterbenskranke Prinz
heimlich vom Lager aufgerafft und, von dem
Dunkel der Nacht begünstigt, den wachtstehenden
Reisigen getäuscht, indem er sich zur Ablösung ein-
gefunden. Er zog sein Leibroß aus dem Stalle,
welches ihn nun an den uns wohlbekannten See
trug und durch die Wellen schwimmend an's
jenseitige Ufer brachte, von wo er nur eine kurze
Strecke bis zur geheimnißvollen Stelle zurückzulegen
hat. Seine unbeschreibliche Sehnsucht nach dem geliebten Ideale will ihn auch in seinen letzten Stunden
nicht verlassen.

(Wald wie im dritten Aufzuge.)

Chor (hinter der Scene):

Heilige Stille der Nacht,
Wunderbar schimmernde Pracht
Des silberstrahlenden Mondes,
Wieget in Schlaf alle Pein
Menschlicher Sorgenlast ein,
Daß Ruhe sich senk' in die Herzen.

Kühle, o nächtliche Lyft;
Stärke, erquickender Duft
Schlummernder Sterblicher Herzen!
Und wenn Dein goldener Strahl,
Sonne, sich senket in's Thal,
Spende Dein Morgengruß Frieden!

Odoardo (schreitet ermattet einher und setzt sich am Stamm der
Linde hin):

Dank, treues Roß, daß Du mich hergetragen!
Nun bist Du frei, wie Dich Natur erschuf.
Hier bin ich — in dem Reich der heiligen Liebe,
In meinem Königreich, dem duft'gen Walde,
Im milden Grün und unter'm Baldachin
Tiefblauer sterndurchwebter Himmelswölbung.
O selige Stunden! Traum seid ihr gewesen?
O nein! o nein! Ihr wart des Lebens Fülle,
Ja — des wahrhaftigen Lebens reichster Hort;
Denn Alles find ich wieder hier lebendig,
Wie ich's verlassen. Alles? — Nein, weh mir!

Der Stern doch fehlt, der Stern, deß' glühend Licht
Die Nacht mir einst durchleuchtet, und die Blume
Blüht nicht mehr, die mit ihrem süßen Duft
Mein Herz erfüllte, daß ich meiner selbst
Vergessend, in dem Kelch des Sternes ruhte.

(Ein Hirsch, Rehe und Waldvögel nahen vertraulich.)

Willkommen, lieb Gethier! Auch ihr seid da?
Wollt ihr mich sterben seh'n, mein Grabgeleit?
Vielleicht sucht Tilia ihr; Wißt ihr's denn nicht,
Daß nimmermehr ihr zarter Fuß die Erde
Und dieses Waldes sammten Moos betritt?
O fliehet, die ihr einst an dieser Stelle
Dem höchsten Glück gelauscht vielleicht, wenn ihr
Aus dunklem Grün auf mich und Tilia blicktet,
Flieht, flieht! und laßt den Sterbenden allein.

(Die Thiere ziehen sich zurück.)

(Von leichten Lüftchen geregt rauschen die Blätter der Linde und
die Zweige bewegen sich auf und nieder.)

Es rauscht durch's Laub, die Zweige regen sich.
Bist, Tilia, Du mir nah? ist dieß Dein Gruß,
Der mir in letzter Stunde freundlich lacht?
Gewiß, gewiß! kannst Du Dich auch nicht zeigen,
So ist's geheimnißvollen Winkes Neigen.

(Mit immer mehr ermattender Stimme.)

Schon naht der Freund, der einmal nur dem
                    Menschen
Erscheint und der mit seinem kalten Kuß

Die Lippen macht erbleichen, dessen Hauch,
Wie Nordwind eisig, löscht des Herzens Flamme.
O komme, komm'! Ich bin bereit, zu folgen,
Wenn Du mich rufest in das Reich der Schatten.
O Tilia! — sind ich Dich dort, theure Tilia?

Geister-Chor (hinter der Scene, pianissimo):
    Sterben wird Leben,
    Sich zu erheben
    Zum neuen Tage
    Aus irb'scher Klage.
Hoffen ist Schauen.
    Im Todesgrauen
    Blinken ja gerne
    Näher die Sterne.
    Geister entschweben,
    Sich zu verweben;
    Was sich gefunden
    Wird dort gebunden,
    Wonnig verkehrend
    Und sich verklärend!

Odoardo (spricht langsam und feierlich nach):
„Was sich gefunden, wird dort gebunden,
„Wonnig verkehrend und sich verklärend!"
Es ist der Geister Gruß. Irdische Welt — leb
wohl! leb wohl meiner Jugend Glück und Weh! —
Mein Herz! — mein Herz bald brichst Du, — —
Tilia! Tilia! — —

(Er stirbt.)   (Harfenklänge.)

(Unterdessen ist es Morgen geworden. Glühend Roth durchleuchtet die Scene der Art, daß die größte Helle auf Odoardo und die Linde fällt. Der Baum öffnet sich und Tilia erscheint, indem sie sich auf Odoardo neigt und ihn umfängt.)

(Der Vorhang fällt langsam.)

Explicator:

Hochzuverehrendes Publikum! Nun sind die Schattenbilder an Ihnen vorübergezogen und das Stück ist zu Ende, wonach nichts übrigt, als daß der Verfasser um Ihre gütige Nachsicht bitte. Was dessen Intention anbelangt oder vielmehr den Grund= gedanken des dramatischen Gedichtes, glaube ich nicht zu irren, wenn ich annehme, daß in Odoardo der nach einem Ideale strebende Mensch gemeint sei, der schließlich in seinen absurden Tendenzen unter= geht, oder auch: sollte vielleicht durch den Verlauf des Schattenspieles in allegorisch=symbolischer Weise auf das Ende oder Verschwinden der romantischen Richtung der Poesie im Allgemeinen bei derzeit vor= herrschendem Realismus schmerzlich hingedeutet worden sein? — Ich überlasse dem hohen Publikum, sich selbst darüber Aufklärung zu geben.

(Explicator tritt unter Verbeugungen ab.)

Druck von W. Weifenbach in München.